눈물꽃이
바람에 날릴 때

유필이 제2시집

시음사
시사랑음악사랑

시로 삶을 치유하고 싶다는 시인 유필이

사랑으로 관찰하면서 사랑으로 세상을 보고 그 속에서 간결하고, 가치 있는 삶을 하나씩 완성해가는 시인을 소개하라면 유필이 시인을 추천하고 싶다. 누구나 그러하지만, 자신만의 세상에서 생각하고, 결정하고 그러면서 만족도 하고 때로는 후회도 하고, 그러다 삶이 주는 희열(喜悅)의 행복함에 춤도 춘다. 세상과 삶의 사이에서 겪어야만 하는 괴리(乖離)속에서 헤매는 것이 인생사라 할 것이다. 이러한 복잡한 세상에서 아름다운 언어로 문장을 만들어 세상과 소통을 하는 시인을 독자들은 기다리고 있다.

유필이 시인의 작품세계에는 자연과 사랑, 그리고 사람 냄새가 작품마다 숨어 있어 감상하는 독자는 자유로운 심상(心象)으로 시의 아름다움을 경험할 수 있다. 유필이 시인만의 인간다운 감성과 여성스러움의 부드러움이 있기 때문일 것이다. 첫 시집 "풀잎의 노래"에서 보여 주지 못했던 시인만의 감성적이고 서정적인 작품들을 다시 감상할 수 있어 기쁜 마음이다.

소녀 같은 외모에 구수하게 흘러나오는 경상도의 입담에서 느껴지는 이미지와 시인의 작품에서 풍겨지는 연상(聯想)은 20년 가까이 작품 활동을 해온 시인, 늘 변함없이 자신의 색채를 잃지 않고 독보적인 언어와 화법을 이용해 詩를 짓기에 꾸준한 독자층을 가진 중견 유필이 시인의 두 번째 작품집 "눈물꽃이 바람에 날릴 때"를 시인을 아끼는 많은 독자와 함께 기쁜 마음으로 추천한다.

사단법인 창작문학예술인협의회 이사장 김락호

시인의 말

세상에는 아름다운 것들이 너무나 많습니다

해와 달 그리고 별
하늘과 바다 그리고 산
작은 바람에도
몸을 낮추며 파르르 떨고 있는 초록 풀잎

바라보는 이 없어도
잡초 속에서 활짝 웃는 앙증스러운 풀꽃들
그리고 나무와 새

이 아름다운 세상에
나는 예쁜 점 하나 찍기 위해 태어났기에
세월 따라 계절 따라
아름다운 것들을 바라보면서 시를 짓고

그 시편으로
첫 번째 시집 "풀잎의 노래"에 이어
두 번째 시집
"눈물꽃이 바람에 날릴 때"를 출간하게 되었습니다.

시인 유필이

♣ 목차

QR 코드   스마트폰으로 QR 코드를 스캔하면 시낭송을 감상할 수 있습니다.

제목 : 그리움아
시낭송 : 박순애

제목 : 사진 한 장
시낭송 : 김지원

♣ 목차

QR 코드 스마트폰으로 QR 코드를 스캔하면 시낭송을 감상할 수 있습니다.

제목 : 마지막 잎새의 눈물. 7

시낭송 : 박영애

진달래꽃

결 고운 햇살 엮어
머리에 이고
봄이 찾아오니

가시 바람 모질게 견딘
가냘픈 가지마다
연분홍 꽃등 하나둘 켜지고

주마등처럼 스치는 추억은
두견새 우는
고향 산자락 타고 번져가는
붉은 그리움.

봄은

만지면 툭 부러질 듯
깡말라 버린 볼품 없는 가지 끝에도
어김없이 봄은
몽실몽실 꽃 피우듯

굽어지고 허기진 내 삶 속에도
어김없이 봄은
파릇파릇 봄 한 그릇
선물해 주려나

봄이 오는 뜨락에
작은 소망 한 알 심어 본다.

당신이 주신 꽃이랍니다

몸서리치도록
당신이 보고 싶어질 때는
내 마음 밭에 그리움의 꽃이
흐느끼며 피더이다

서러울 만큼
당신이 그리워질 때는
가슴 언덕에 기다림의 꽃이
까치발 딛고 피더이다

당신이 내 무거운 어깨를
살며시 어루만져 주실 때는
피보다 더 뜨거운 눈물 꽃이
고마움으로 피더이다

당신이 따스한 가슴을 열고
나를 품어줄 때는
내 혈관 속에 붉은 참사랑의 꽃이
영원의 씨앗을 안고 피더이다.

그리움아. 3

좁은 창틈 사이로
하얀 달빛 드리우면
가슴 벽을
긴 손톱으로 벅벅 긁어대며
하늘로 뻗어 가는 그리움아

우리
달맞이꽃 되어
함초롬한 달빛 등에 업고
별빛 소나타에 취해
서러움도 잊은 채
풀밭에 이슬로 뒹굴어 보자.

제목 : 그리움아
시낭송 : 박순애
스마트폰으로 QR 코드를 스캔하면
시낭송을 감상할 수 있습니다.

보고 싶음은 하늘까지 자랐는데

잿빛 추억이 희미하게 떠오르는 밤
초록 눈물은
풀잎 끝에 이슬로 대롱대롱 맺히고
쓸쓸함은 고독한 길 하나를 만듭니다

모든 것이 그립고
모든 것이 슬퍼지고
모든 것이 애처로워
주저앉아 바라보는 두 눈엔
연민의 안개가 자욱하게 깔리면서
삶처럼
인생처럼
고단함이 밀려오고

보고 싶음은 하늘의 별을 따듯 훌쩍 자라 있고
그리움은 깊은 바닷물에 숨어 속앓이하지만

그 누구도 나의 별을 따 줄 수 없고
그 누구도 나의 그리움을 대신할 수 없기에
사랑이란 긴 여정을 따라서
오늘도 당신을 향해 가슴 바다는 끝없이 흐릅니다.

봄. 1

긴 잠에서 깨어난
청순한 봄 색시
홍조 빛 얼굴에
보조개 여울지고

실바람이 전해주는
풀잎연주에
연분홍 치맛자락
나풀나풀 춤추네.

봄. 2

여기에서 사부작사부작
저기에서 꼼지락꼼지락

고갈된 마른 풀 사이로
고개 쏙 내민
노란빛 봄
분홍빛 봄
연둣빛 봄이 올망졸망
사랑스럽게 웃고 있네

아
봄은 겨울이 산고 끝에 출산한
눈부신 꽃밭이네.

사랑은 지독한 아픔

사랑이 무엇인지도 모르고
환상 속을 유영하며
홍수처럼 쏟아낸 잔재들

어느 날 마음 문 열고
데굴데굴 굴러오더니
인연이란 뼈마디에

연둣빛 그리움이 자라고
하얀 서릿발처럼
조롱조롱 피는 눈물 꽃

잔인할 만큼 지독한 사랑
가슴 시린 차가운 열매인 줄
울다 깨어난 후 알았다.

사랑함으로

앙상한 나뭇가지를 스치는
삭막한 바람같이
늘 그렇게 깊은 마음은 시리고
삶의 바다는
홀로인 듯한 외로움에 쓸쓸합니다

봄기운에 웃고
겨울 소리에 울며
바쁜 듯 살아도
지울 수 없는 그리움의 실체는
저린 가슴 가장자리에 맺힌 이슬로
가슴 타는 목마름을 축여 보지만
당신 보고픈 마음은 달랠 길이 없습니다

사랑은 슬픈 길이란 걸
알고 왔지만
당신이기에 기쁘게 걸을 수 있는
가시밭길

아파할 만큼 아프고
고통스러울 만큼 고통스러운 후에
당신을 사랑하였음으로
진정 행복할 수 있다고
당신에게 고백할까 합니다

사랑함으로 삶이 아름다워질 수 있다는
진리를 배운 것 같다고.

동박새

작은 새 한 마리
해풍에 흔들리는
붉은 꽃잎 속으로
들며 날며
찌이 찌이
맑고 경쾌한 곡조로
봄을 부른다.

그립다

세월은 유수와 같다고 그 누가 말했던가
세월은 눈 깜박할 사이에 지나간다고 그 누가 말했던가

평생 나이를 먹지 않는 소녀인 줄 알았는데
검디검은 머리카락 사이로
한 가닥 두 가닥 드러누운 흰머리를 보니
나도 세월의 수레바퀴를 타고
인생의 수레바퀴를 돌고 돌았나 보다

땅거미가 질 무렵 잠시 툇마루에 걸터앉은 노을처럼
중년이란 옷을 입고 앉아 있어도 어린 시절
화롯불 지펴놓고 옛이야기 들려주시던 할머니가 그립다.

이젠 눈물 꽃으로 피지 않으리라

세찬 바람에 못 이겨
힘없이 떨어진 꽃잎

슬픈 눈빛 사이로
애련한 연민과
아쉬운 여운만 남긴 후
상처 난 풀잎처럼 쓰러진 자리에

새살이 돋아나
눈물 꽃 대신
들꽃 한 송이 피어
행복한 열매 맺었기에

이젠 눈물 꽃으로
다시는 피어나지 않으리라.

가을아

억새꽃 흐드러지게 춤추는
네 문지방 넘어
노을 진 비탈길에서
한바탕 단풍잔치 벌이다가
잔가지에 서리꽃 피면
바람 속에 오돌오돌 떨고 있는
오롯한 추억 하나 안고
쓸쓸한 긴 그림자 밟으며
낙엽 따라 홀연히 가버린다면
네가 머물다간 자리엔
황량한 삭풍만이 요란스럽겠지

가을아
내 너를 안고
빈들에 마른 풀잎처럼 쓰러져도 좋으니
제발 떠나지 말아다오.

사진 한 장

네가 보내 준
내 고향 어느 집 돌담에 걸린
봄 사진 한 장을 보는 순간
폭우에 꽃잎이 와르르 쏟아지듯
긴 속 눈썹 사이로 주르륵 흐르는
눈물의 의미는 그리움이다

정겨운 사람들은
세월 따라 온데간데없어도
내 고향 산천에 뻐꾸기 울고
진달래 꽃물결 출렁이며
보리밭 사잇길로 봄은 왔구나

두 살 터울 너와 나
뻐꾸기 우는 뒷동산에 올라가
진달래 꺾어 안고
보드라운 입술로 꽃잎 따먹던
그 푸르디푸른 시절도
물비늘처럼 반짝이며
내 고향 어느 집 돌담에 걸린
봄 사진 한 장 속에 고스란히 담겨 있겠지

너와 나

검정 고무신 신고

진달래 꽃길 따라

보리밭 사잇길로 뛰어놀던 그 시절이 그립다

눈물이 나도록.

 제목 : 사진 한 장
시낭송 : 김지원

스마트폰으로 QR 코드를 스캔하면
시낭송을 감상할 수 있습니다.

이유 없이

아무런 이유 없이
반달처럼 배시시 웃을 수 있는 것은
마음속에 당신 사랑이
무성하게 자라고 있기 때문입니다

감미로운 음악을 들어도
이유 없이 당신이 문득 생각나는 것은
잔잔한 멜로디를 타고 흐르는 듯한
당신의 속삭임이
천리향 만리향보다
더 진한 사랑으로 전해지기 때문입니다.

마른 꽃

서걱거리는 질투의 바람 앞에
조각조각 바스러진 추억들은
먼지가 되어 허공에 날고

눈먼 사랑은
향기 잃은 마른 꽃 되어
흐린 창가에 거꾸로 매달려 있지만

시간의 강을 건너 그대 오신다면
박제된 마른 꽃일지언정
구김살 없는 미소로 반겨 맞으리.

옹알이

겨우내 잠자던 봄볕
파란 하늘 창문 열고
봄 향기 풀어주니

감각 잃은 가지 끝에
푸른 빛 새싹 눈
뽀스락 꼼지락
부지런히 깨어나고

설익은 봄볕에
하얀 속살 파르르 떨며
볼록볼록 송이마다
봄바람 품은
청매화 웃음소리에

실개천 버들강아지
귀 쫑긋 세우며
은빛 여울에 봄을 담근다.

사월에는

꽃이 피고
꽃이지는 사월에는

아지랑이 너울지는
언덕에 앉아

연초록 실타래 풀어
부지런히 신록을 짜야지.

그리운 사람아

오늘처럼
당신이 보고 싶은 날이면
가슴 언저리에
그리움을 묻고
풀잎 속에 숨어 흐느낍니다

밤새
곰삭은 그리움
태우고 또 태운 흔적은
촛농처럼 수북이 쌓여 있는데
어느새 자명종 소리는 새벽을 알리고

한 조각
아침 햇살 자락에
설익은 미소 뿌려보지만
불어터진 가슴팍엔
그리움만 흥건히 젖어 있습니다.

당신에게 띄우는 편지

해가 중천을 지나 서쪽으로
빠르게 달음박질치는 나이인데도
강물처럼 유유히 흐르는 그리움은
멈추어지지 않습니다

노을 속에 핀 열꽃처럼
뜨거운 콩깍지 안에서
톡톡 튀며 활활 타던 사랑
아직도 유효기간은 많이 남았는지

귀뚜라미 우는 이 밤도
가슴 파고드는 그리움에
헝클어진 머리 곱게 빗고
바람 속에 머무는 당신을 기다립니다.

민들레 홀씨

작년 늦은 봄
옥이네! 과수원 사과나무 아래
바람 따라 이사 온 백발노인

잠시 현기증 일으키며
흙먼지 속에 이리 뒹굴 저리 뒹굴
제자리 못 잡더니

금쪽같은 귀한 자식
허공에 흩어져 이별하면 어쩌나
서둘러 흙 가슴에 토닥토닥 품은 채

겨울지나 봄이 오니
쏟아지는 햇살 아래
무더기로 앉아 있는 샛노란 민들레
방실방실 며칠간 웃다 보니

또다시 종종걸음
이삿짐 꾸리는 달동네 백발노인

이젠 또 어디 가서
한해살이 짐을 풀까
찌그러진 달을 보고 한숨짓는 전 세입자.

내 인생의 가을은

한 계절이 가고 오듯
꽃이 피면 향기가 있듯
내 인생의 가을은
떨어지는 낙엽이기보다
처마 밑에 매달린
곰팡이 꽃 핀 농익은 메주처럼
질박한 항아리에 담긴
성숙한 된장 맛과 같으면 좋겠다.

봄이 웃는다

봄이 웃으니
웅크리고 있던 꽃들도
활짝 웃고
파릇파릇 돋아나는
새싹들도 살랑살랑 웃는다

봄이 웃으니
칙칙하고 냉기 도는 마음도
봄 따라 웃고
꽃들 따라 웃고
파릇파릇 새싹 따라 웃는다

봄 참 예쁘다.

이별 연가

너무 오랫동안 붙잡고 있었지요

칭얼거리며 흘리는 눈물 지켜보면서
얼마나 애태웠는지요

어머니
당신 무덤가에 어여쁜 할미꽃이 피면
그 꽃이 당신인 양
반갑게 맞이 웃겠습니다

내 마음에 등불로 계시던 당신을
이젠 편안하게 보내드리겠습니다.

인생 그리고 사랑

무디어 가는 반백의 나이
쉼 없이 달려온 인생
그리고 사랑

인생은
세월의 수레바퀴를 타고 흐르다가
삶의 진리를 깨닫게 되었고

사랑은
인연의 수레바퀴를 타고 흐르다가
청실홍실의 의미를 알게 되었다.

내 하나의 사랑

눈이 멀었습니다
귀가 먹었습니다
당신의 따스한 사랑에
하루해가 지는 줄 몰랐습니다

평생 사랑 찾아 떠돌다
정착한 곳은
바로 당신이 내어주신 포근한 가슴

지친 영혼 달래며
아껴 두었던 사랑 주머니
당신께 바치면서

딱 한 마디 참사랑을 위해
긴 세월 기다렸노라고
젖은 입술 들썩이며 고백합니다.

그대에게 난

그대가 달이라면
난 달빛 사랑을 먹고 사는
달맞이꽃이 되겠습니다

그대가 포근한 햇살이라면
난 그대를 온종일 바라보는
해바라기 꽃이 되겠습니다

그대가 풀잎이라면
난 그대의 가슴을 촉촉이 적시는
영롱한 이슬이 되겠습니다

그대가 나무라면
난 그대를 위해 사랑을 노래하는
파랑새가 되어 행복한 날갯짓 하며
예쁜 사랑의 둥지를 틀겠습니다.

파란 낙엽

아스팔트 위에 드러누운
파란 낙엽
그 위로 질주하는 뜨거운 열기는
인내심을 시험이라도 하듯
야유 부리는 꼴이 얄밉다

가을 햇살 아래
때깔 곱게 물든 단풍도 아니건만
무슨 사연이 있어
청춘의 푸른 숲에 머물지 못하고
외톨이가 되어

펄펄 끓는 잔인한 현실의 굴레 속에서
이리저리 뒹굴며 고통스러워하는
네 초라한 모습에서
무심결에 내 모습이 비치는 것 같아
그냥 마음이 아리다
그냥 배고픈 영혼처럼 서럽다.

애벌레

급하게 벗겨 내지 않겠습니다
시간이 걸리더라도
칙칙하고 냉기 도는 어둠 속을
기어 다니기 싫어서라도
천천히 천천히
몸과 마음에 달라붙은 오물 껍데기
말끔히 벗겨 낸 후 당신 앞에 서겠습니다

당신이 긴 세월 동안 만들어 주신
금빛 날개를 달고
싱그러운 유월의 풀빛 속에서
하얀 웃음 살라 먹은
개망초 뜰 위를 나르며
내 마지막 사랑을 당신을 위해
나풀나풀 춤추겠습니다.

오월의 장미

씨줄 날줄
사월이 짠 신록의 계절
오월이 오면

소쩍새 울음소리
적막을 깨울 때

촉촉한 이슬 머금고
푸른 넝쿨 사이로
붉은빛 올리는 장미 한 송이
선물하고 싶다

사랑하는 당신에게.

커피

하루를 시작하면서부터
난 너를 찾는다

즐거울 때나
우울할 때도
난 너를 찾는다

너의 오롯한 향기는
질리지 않는 묘한 유혹

어느새
내 삶 속에 친구가 된 너
난 너를 오늘도 찾는다.

겨울비

반갑지 않은 겨울비가
추적추적 내리고
스멀스멀 안개가 돌아다닌다

오늘
간이역에서 만나자고 약속한 사람은
아직 소식이 없다

덩그러니 서 있는
늙은 자작나무는 숨을 몰아쉬고
철길은 온통 두툼한 안개를
외투처럼 걸치고 있다

대기실 벽에 걸린
낡은 시계 초침은 찰칵거리며
시간을 잡아먹고

남루한 계절 위에 떨어지는 겨울비는
거리에서 질퍽거리며
그리움 한 소쿠리 풀어놓는다.

네가 뭐길래

사랑이 뭐길래
말간 영혼을 괴롭히며
새벽 별 꼬리를 붙잡고 애원하는지

사랑이 뭐길래
혈관 속에 흐르는 붉은 꽃물
깊은 바닷속에 풀어놓고
서럽도록 하얀 풍금을 치고 있는지

사랑이 뭐길래
이토록 모진 그리움에
그토록 애달픈 사연으로
하늘 바라기를 하며
빼곡히 박힌 별을 헤아리고 있는지

사랑아
사랑아
네가 뭐길래 사람 마음을
울리기도 하고 웃기기도 하느냐
영원한 미로 속에 숨어 있는
네 정체를 이젠 밝혀다오.

별을 꿈꾸듯

유년 시절
우리는 밤하늘에 피어 있는
별꽃밭을 바라보며
가장 아름답게 반짝이는 별님을 향해
무언의 속삭임을 수없이 한 적이 있었지

예쁜 책갈피 속에 끼워 둔
아름다운 추억들
하나둘 꺼내어
별꽃밭에 심어 보기도 하고

늦은 밤 라디오에서
유성처럼 흐르는 음악에 취해
잠 못 이루던 시절도 있었지

지난 시절
파릇파릇한 마음에
반짝이는 별 하나씩 품고
꿈을 키워왔듯
수정처럼 맑은 별빛 속에
미래를 향한 꿈을 심어 본다

중년의 나이지만 아직도 늦지 않았기에.

할미꽃 홀씨

마른 잔디 헤집고
겨우 눈 뜨며 하는 말

아이고 허리야
팔다리 어깨 삭신이 다 쑤시네
더 꼬부라지기 전에

허리 쭉 펴고
산발 머리 빗질하고
씨알 하나 품고

햇살 좋은 날
두둥실 날아서
울 엄마 무덤 찾아가야지.

가을 이야기

너부러진 낙엽 더미 속에서
아직 색바래지 않은
예쁜 가을 한 장 주워다가
그 위에 가을이 남기고 간
사랑 이야기를
오붓하게 적어 두고 싶다

이듬해
가을이 돌아올 때까지 추억하고 싶어서.

사랑아

하룻밤 사이
백발이 된 그리움은
무지개 걸린 푸른 언덕에
하얀 개망초로 피어나고

가슴 타고 흐르는
아름다운 추억은
마음의 바다 위에
물꽃으로 피건마는

사랑아
내 사랑아
너는 왜
아픔의 대명사가 되어
짝을 찾는 매미의 울음처럼
한여름 밤을 흔들며
잠 못 들게 하느냐.

백일홍

님 향한 그리움
빈 가지 위에
붉게 붉게 매달아 놓고

주야장천 가슴앓이 열병으로
님 소식 기다려도
바람의 귀띔도 없으니

독주보다 더 독한 그리움은
한여름 내내 뙤약볕을 삼킨 후
붉은 머리 위에
하얀 찬 서리만 올려놓고
뜨거운 생을 마감하네.

꽃무릇

안고 있어도 불안한가

둘이 아닌 하나로 옴짝달싹 못 하게
옭아매고 있어도 보고 싶은가

어쩌다가 만날 수 없는 운명 때문에
번뇌에 시달리는 중생이 되었던가

전생에 지은 업보
이승에서 지독한 그리움으로 씻어내고 있는가

선홍빛 핏물로 서럽게 꽃 피워도
초록빛 눈물로 서럽게 잎 돋아도
너는 나를 향해 그리워하고
나는 너를 향해 그리워하지만
너와 나 뗄 수 없는 하나임을 잊지 않는다면
그 붉은 꽃잎에도 은은한 향기가 날 텐데.

낮달

분침과 초침이 하나 되는 시간이면
그리움 하나가 살며시 창문을 두드린다

어렴풋이 달빛에 비치는
낯설지 않은 그림자 하나
사시나무 떨듯
내게로 바삭 다가와
눅눅한 가슴에 촛농처럼 쓰러져
용암처럼 펄펄 끓는 심장
밤새 부둥켜안고 뒹굴더니

여명이 밝아오는 저편 하늘가에
하얗게 타버린 그리움 하나로 떠 있네.

풀잎 편지

그리움이 대롱대롱 맺힌
풀잎 한 장 뚝 따서
사랑한다
보고 싶다

이슬 실로
한올 한올 수놓아
주소 없이 바람에
붙이는 시린 마음

눈물 품은
먹구름은 알아줄까
침묵 속에 흐르는
세월은 알아줄까

기다림의 굴레 속에
사랑앓이
가슴앓이
빼곡히 놓인 사연을.

내 안에 아이는

내 안에 아이가 울고 있습니다

내 안에 아이는 세월이 흐르는 것도 잊은 채
정지된 시간 속에 갇혀
당신 사랑만 갈망하며 징징거리고 있습니다

젖배 고픈 사랑이 이처럼 지독하단 말인가
평생 올가미에 걸린 멍에가 될 줄이야

당신 사랑 안에서 곱게 자라고 싶은
내 안에 아이는 영원히 자라지 않고 있습니다
당신이 떠나가신 후부터.

능소화

못다 한 애달픈 사랑
목놓아 울다 진 꽃 한 송이

다시금
고고한 자태로 환생하여
층층이 쌓인 한스러움
담장 위에 올려놓고
장렬한 태양 아래 뿜어내는 향기로

님을 부르지만
이미 마음 떠난
매정한 님은 오시지 않고
또다시 초라한 꽃 한 송이
힘없이 바람에 떨어지네

가여워라 능소화야
이젠 양반 꽃으로 피지 말고
잡초 속에 이름 모를 들꽃으로
마음 편히 살다 가라.

꽃

꽃이 피네
꽃이 피네
높은 나무 위에서
낮은 풀잎 끝에서
방실방실
꽃이 피네

화무십일홍
짧은 운명 한탄하지 않고
기분 좋게
활짝 웃네

꽃이 지네
꽃이 지네
높은 나무 위에서
낮은 풀잎 끝에서
가만가만
꽃이 지네

화무십일홍
짧은 운명 서러워하지 않고
주어진 만큼만
웃다 가네.

어머님의 산

전광판의 빨간 글씨로
지금은 화장 중
그 옆에 어머님 이름 석 자

울음소리 없어도
숨 막히는 흐느낌은
가슴 골짜기로 흐르는
뜨거운 전율

생과 죽음
그리고 허무와 허망함이
조각조각 바스러진 채
화장터 주변을 나뒹굴며
인생무상함을 말해주듯

잠시 후
한 줌의 재가 되어 돌아오신 어머님
한 맺힌 삶의 무게
희뿌연 바람에 뿌리면서
어머님의 긴 그림자는
짙은 땅거미처럼 온 산천을 덮었다.

가을밤

적막이 흐르는 밤
귀뚜라미는
달빛에 시를 읊조리고
별빛에 붉어진 단풍은
시를 감상하며
간드러진 나뭇가지 끝에서
대롱대롱 곡예를 넘는다.

사랑의 거리만큼

그리워 바라보는 하늘 저편
파란 호수 속에는
그리움이 동동 떠 있는데
아린 가슴은 고개를 숙이고
희미한 별빛 하나 촛불처럼 흔들립니다

사랑한다는 말은 메아리치고
보고 싶다는 마음은
바람으로 햇살로 전해져 오는데
사랑의 길은 언제나 찾을 수 없는
미로 속에 펼쳐져 있습니다

저승 가는 길
누런 강물의 거리만큼
그리움이 자리하고
그 거리만큼이나 눈물로 채워야
뜨거운 심장을 식힐 수 있을지

이슬로 하얀 밤을 깔아놓고
핏기없이 허우적거리지만
그래도 당신이 있어 행복하기에
눈물 꽃 열매가
바로 사랑의 씨앗인가 봅니다.

단비

잔뜩 긴장한 날씨
긴 가뭄 끝에 빗방울이 흐느적거린다

한 방울 두 방울
옥수수잎에
뚝 뚝 떨어지는 노랫소리에
목마른 잡초들
키를 세워 숨 고르기에 바쁘고

바삭 타버린 7월의 꽃밭에도
초록 물이 흥건하다.

소식

깍깍 까치가 울어댄다

반가운 손님이 오시려나
문풍지 사이로 빼꼼 내다보니
마당 가득
봄비가 조용조용 내리고 있다

어서 움츠린 어깨 활짝 펴고
호미 들고 비탈진 밭이랑에
봄 심으러 가야겠다.

당신은 행복을 주는 사람

온종일 얼굴 맞대고
별 이야기 아닌 것 가지고도
방긋 웃으며 시간 가는 줄 모를 만큼
행복을 주는 사람은 당신입니다

사람이기에 살아가면서
수많은 오류의 자갈을 던지고
실수투성이의 모래를 뿌리지만
모난 돌 다듬어 주시고
부족함도 사랑으로 덮어주시는
넓은 마음을 가진 사람은 당신입니다

세월이 지날수록 농익은 기쁨이 되고
바라보면 바라볼수록 행복이 되고
작은 배려가 큰 사랑이 된다는 것을
잘 알고 계시는 당신은

내 삶의 행복한 꽃입니다.

한여름 밤의 꿈

이리저리 뒤척이다
겨우 잠이 들었지만
내 그림자 위로 갑자기 쏟아지는 소나기에
화들짝 놀라 벌떡 일어나보니
눈 뜨면 사라지는 꿈이었다

꿈이지만 입은 옷은 흠뻑 젖어 있고
수척해진 이마엔 신열이 펄펄 끓었다

한여름 밤의 지독한 꿈은
마음 밭 빈 고랑에
자글자글 주름살을 만들어 놓았다

아침 동이 트기 전에
주름지고 젖은 마음을 조용히 펴서
정성껏 다림질한 후
제자리에 곱게 가져다 놓아야겠다

까만 밤을 하얗게 태운
비몽 사몽 악몽의 흉터가 남지 않도록.

사랑은 소유하고 싶은 것

사랑하는데 이유가 없다고 말하지만
내가 당신을 사랑하는 데는
이유가 있습니다

별이 부서져 떨어지고
달이 깨어져 상처가 난다 해도
당신 마음은 변하지 않는
진실한 사람이라고 믿었기 때문입니다

사랑은 소유하지 않는 것이라 말하지만
정말 사랑한다면
누구나 소유하고 싶은 마음이 생기는 것은
인간의 본능이기 때문에

당신을 하늘만큼 사랑하는 이유로
당신을 소유하고 싶었고
당신 가슴 속에 핀
시들지 않는 사랑 초가 되고 싶은 것은
숨길 수 없는 솔직한 마음입니다.

낙엽

툭 떨어지는 소리
바스락거리며
바닥에 뒹구는 시린 단풍 한 잎
얼른 허리 굽혀 너의 육신 보듬어
책갈피 속에 끼워 두고 싶다

가을빛 햇살 아래
때깔 고운 모습으로 바람과 노닐다
애써 낙엽 되기 싫어
심술 바람 피해 보았지만
세월의 바람 앞에 못 이겨
기꺼이 낙엽 된 몸
그냥 모르는 척하기에 안타까워
너의 치마폭에
흔적 하나 남겨두고 싶다

안녕
아니면 사랑한다고 쓸까
그래 안녕이라고 쓰자
먼 훗날 우연히 책갈피 속에서 너를 만날 때
오늘을 기억하며 아직 떠나지 않았네
또 만나서 반갑다
그렇게 말해주고 싶어.

양푼이 밥

꼬르륵 갑자기
밥 달라고 배꼽시계가 요동을 친다
게으른 탓에
해가 중천에 걸린 줄도 모르고 있는데
금강산도 식후경이라며
그 사이를 못 참고
뱃속에서 고함을 지른다
얼른 부엌으로 달려가
커다란 양푼에 밥을 넣고
고소한 참기름 두오 방울 떨어뜨리고
이것저것 남은 반찬 넣어
골고루 비벼 한 입에 쏙
꿀맛이 따로 없다
세상 부러울 것 없는 뱃속은
꿈틀거리며 춤을 추는데
갑자기 허리에 손이 가면서
후회의 한숨 소리는
끝없이 쏟아져 나온다
양푼이 밥 참 오랜만에 먹어 보는데
옆구리에 살이 찌면 어쩌나
걱정부터 앞선다.

산딸기

붉게 타오르는 수줍은 마음
초록 치마폭에 감추고
가시덤불 속에서
탐스럽게 익어 가는 빨간 유혹

산골 소녀의 하얀 옷자락에
새빨간 문신 새기며
추억 한 페이지 전설로 남긴
유년의 시절

산딸기 한 광주리 속에서
새콤달콤한 추억이
살아 꿈틀거리며
붉게 붉게 그리움으로 영글어간다.

가슴에 품은 꽃

살다 보면
이런저런 만남이 있듯
꽃 중의 꽃
해맑은 미소 보듬은 별 하나

초록 이파리 사이로
지나가는 바람 한 점
난
널
사랑하고 말았고

이슬비 젖은
널 바라보며
풀잎 우산 건네주고픈 마음은
가슴에 품은 정 하나

꽃보다 더 예쁜 사람아
난
널
영혼의 가지 끝에
햇살 꽃피워 사랑해도 될까.

꽃으로 피지 않으리라

꽃이 아름답다기에
항상 꽃으로 피고 싶었지만
꽃이란 짧게 살다
이내 시들어버리는 존재

바람결에 향기 날려
님 부르며 활짝 웃어 보지만
스치는 비바람에 찢긴 입술
파르르 떨며 그리움만 머금고

원하지 않은 잡벌들
유혹의 눈길마저 두려워서
또다시 꽃으로는 피지 않으리
꽃을 피울 수 없는 잡초로만 살리라.

인연. 2

사랑함으로 험난한 길을 걸어온
애틋한 인연이라면
한 자루 촛불이 되어
내 몸을 녹여서 당신이 가시는 길을
환하게 밝혀 드리겠습니다

해와 달이 되어 함께 할 수 없지만
떨칠 수 없는 지독한 인연이라면
낮달처럼 내 몸을 하얗게 태워서라도
당신 뒤를 따르겠습니다

꽁꽁 얼어붙은 겨울 땅을 녹이고
파릇파릇 돋아나는 새싹처럼 질긴 인연이라면
당신은 나에게 끝없는 기쁨이고
당신은 나에게 끝없는 행복이기에
당신과 나는 하늘이 정해준 천연입니다.

하얀 찔레꽃 피는 계절 오면

청보리 푸른 파도에 밀려오는
비릿한 젖 내음은
세월의 산을 넘지 못한 채
하얀 그리움으로
가슴에 흥건하게 스며듭니다

지금은 빈터가 되어 있지만
그곳은
언제나 어린 시절
그때 그 집
그 집에서 살았던
그립고도
보고 싶은 사람들과의 추억이
내 마음 안에 커다란 둥지를 틀고 있습니다

고향 집 뒤 뜰 작은 텃밭 울타리에
아름드리 큰 찔레나무가 있었지
그 하얀 찔레꽃 향기는
해마다 소리 없이 천릿길 찾아와
하늘 위에서 잠자는 기억을 깨우며
내 부모님
내 형제를 잊지 말라고 합니다

물비늘처럼 아름다웠던 푸른 시절
그 시절로 다시는 돌아갈 수 없기에
하얀 찔레꽃 닮은 눈물 꽃이
긴 속 눈썹 사이로 몽실몽실 피어납니다.

빛바랜 추억 속에 언제나 당신이 있습니다

차곡차곡 쌓인 그리움 속에
언제나 당신이란 이름이 있었습니다

당신이 좋아하시는 노래를 들으면서
가슴 밑바닥부터 꿈틀거리는 그리움은
뼛속까지 스며듭니다

이 순간 당신이 너무 보고 싶은데
어디에 계시는지 알 수 없어
애틋한 눈물은 한여름 소나기처럼
가슴으로 쏟아집니다

지독한 사랑을 남겨두고 떠난 당신은
지금 어디에 계십니까

당신이 놓고 간 수많은 사랑은
강물처럼 불어나
가슴 둑을 허물고 있는데

당신은 한번 가신 길 되돌아오실 줄 모르시니
빛바랜 추억 속에서
보고 싶은 당신을 간신히 느끼고 있습니다

어머니 당신을 사랑합니다.

가을이 왔다

하늘이 참 예쁘다
파란 호수 안에
조각조각 떠 있는 양떼구름
손을 뻗어 만지고 싶다

살살이 꽃잎 미풍에 살랑이고
여름에 열어놓은 창가에
빨간 고추잠자리 한 마리 날아와
살포시 앉으며 가을 인사를 한다

가을 참 좋다
뉘엿뉘엿 산자락을 태우며
아직 설익은 갈대숲 사이로 떨어지는
황홀한 낙조

그리고
고즈넉한 길섶에서 드문드문 들려오는
귀뚜라미 소리꾼 연주도 참 정겹다.

행복한 사람은

삶의 테두리 안에서
즐거움을 찾고
기쁨을 나누고
행복함을 느낄 수 있다면
그 순간이 바로 최상의 파라다이스
아름다움이 넘치는 삶이 아닐까요

비록 주머니 사정이 넉넉하지 않아서
분위기 있는 커피숍에서
차 한 잔을 마시지 못하고
삼백 원짜리 자판기 커피를 마신다고 해도
마음의 여유를 가진 사람이
바로 행복한 사람입니다

작은 것에도 행복을 느낄 수 있는
욕심 없는 마음은
행복뿐만 아니고 행운도 부르는
세 잎 클로버와
네 잎 클로버의 주인공입니다.

낙조

뉘엿뉘엿 떨어지는 낙조
황홀함 그 자체다

왜 바람 서걱대는
억새 숲을 활활 태우며
형용할 수 없는 낭만이
붉게 흐른다

그리고
시간은 빠른 속도로
하루를 마감하는
삼십 분 짜리 노을빛으로
눈부신 연출을 펼치다가
어디론지 사라진다

알 수 없는 어둠 속으로.

번뇌. 3

모든 것이 불안하다
아무리 발버둥 쳐도
자근자근 가슴이 저미어 온다

머릿속이 하얗게 타버린 것처럼
속물이 되어 간다

온전한 믿음을 갖는다는 것
온전한 사랑을 갖는다는 것은
그냥 얻어지는 것이 아닌가 보다

독 오른 칠월의 뙤약볕에
현기증 일으키며 쓰러지듯
고독의 수레바퀴를 타고
칠흑 같은 어둠을 파먹다 잠들곤 한다

나는 무엇을 찾아 헤매는 것일까
사랑은 내 옆에 있는데
왜 이리도 불안하고 초라해지는 것일까

지금 내 모습이.

새싹

어제는
햇살이 가득 내려와
겨우내 헐벗고 굶주린
나뭇가지를 어루만지고 있더니

오늘은
봄비가 가득 내리고 있다
목마른 나무들
땅 위에 떨어지는 수액
허겁지겁 빨아올리고 있으니

내일은
생기를 찾은 나뭇가지에
파릇파릇
봄이 가득 앉아 있겠지.

이별 그리고 아쉬움

오시는 줄 알았는데
벌써 떠나려 하십니까
어찌하려고 그렇게 빨리 가시려 하십니까

짧은 시간에 주신 사랑
봇물 터지듯 터져 나와 감당할 수 없는데
이별가를 부르면서
저만치 손 흔들고 있는
당신이란 세월 앞에 무릎을 꿇어야 합니까

추억의 한 페지로 남겨두기엔
너무나 허망해서 눈물이 나옵니다
당신은 무지개처럼 잡을 수 없기에
그저 바라보면서 아쉬운 이별을 해야 합니까

억겁의 세월이 지나도
다시는 만날 수 없는 당신이기에
가슴 시린 이별의 술잔을 마주합니다.

바람꽃. 4

푸석푸석 으깨진 낙엽을 이불 삼아 덮고
첩첩산중 혹한에도
어금니 깨물고 견디다가
설익은 봄기운에
실오라기처럼 야윈 줄기에 피워올린
지고지순한 사랑
그 순박한 바람꽃에 바람이 인다

세월 따라 굽이굽이 힘겹게 피었다가
하얀 꽃잎 춘풍에 팔랑이며
딱 열흘만 배시시 웃다 흔적없이 사라지는
그 짧은 일생조차 단명을 재촉하는 바람에 질투심
긴 기다림은 덧없는 사랑
정녕 일장춘몽이란 말인가
바람 너에게 묻고 싶다.

보이지 않는 사랑

사랑은 어떻게 생겼는지
그 크기가 얼마만큼인지 알 수 없는 오묘함

감정 온도가 얼마만큼 끓어야
사랑의 열꽃이 가슴 줄기에 피어나
그 향기가 상대방에게 전해지는 것일까
점점 알고 싶어지는 아름다운 사랑의 성

모든 생명체가 사랑 안에서 존재하기에
흐르는 음악 속에서도
수많은 연인들의 사랑 이야기 속에서도
사랑이란 존재가 위대하다는 것을 알 수 있지만

보이지 않는 보석보다 더 빛나는 사랑은
사람의 마음을 울리기도 웃기기도
그리고
자칫 잘못 다루면 행복에서 불행으로 이어지는
붉은 신호등 같은 존재.

감기

목울대에서 올라오는 마른기침은
내 눈물이오
내 서러움이오
기억조차 하고 싶지 않은 내 아픔이어라

백일해 앓는 어린 딸에게
어서 방에 들어가거라
너는 찬바람 쐬면 안 된다
가슴 조이시며 애원하시던 어머니

밤새 콜록대는 소리에 잠을 설치시며
문풍지 사이로 들어오는 기세등등한 찬바람도
온몸으로 막고 또 막아주셨기에
사람 노릇 하며 살 수 있었건만

세월이 흘러 또다시 찾아온
예사롭지 않은 마른기침 소리는
고이 잠드신 어머니 영혼을 깨우는 것 같아
울컥 서러움이 복받친다.

사랑 탑

성난 파도에
산산이 부서지는 포말처럼
사랑탑이 무너지는 밤

눈물 속에 눈물은
두 뺨을 할퀴며
서러움으로 흐르고

가슴 움푹 파는 아픔은
목구멍까지 차올라도
당신을 사랑하기에
무너진 사랑 탑
다시 쌓아 올리기 위해
달빛 타고 흐르는 소나타에
서러움을 조용히 묻습니다

눈물 빛 사랑아

쓸쓸한 미소 꽃
온 하늘을 어지럽히다
살며시 빈 들녘에 내려앉고
휑하니 부는 바람
시린 가슴에 눈물 씨로 맺힙니다

그대 있어 좋은 날들
그대 있어 행복한 날들
모두 꿈으로 맴돌다 사라지고
다가설 수 없는 안타까운 사랑에
잿빛 눈물만 흐릅니다

인적 없는 후미진 곳으로
바람 따라 흐르는 그리움은
몸서리치는 눈물 빛 현기증에
빈 가슴은 삭풍으로 몰아치고

쓰라린 기억도 태양 빛 소망하며
고개 숙인 사랑이
헐벗은 나목처럼
그대 떠난 빈자리에 홀로 서 있습니다.

그대여

그대여
잠시 무거운 짐 내려놓고
햇빛 쏟아지는
싱그러운 들길을 걸어요

그대여
나풀거리는 풀잎 사이로
방긋 고개 내민
앙증스러운 들꽃처럼 웃어요

그대여
새파란 가슴 열고
온 세상을 품어주는 파란 하늘처럼
넉넉한 마음으로 살아요

그대여
잠시 잠깐의 여유로움이
삶의 기쁨을 주는 행복임을
잊지 마세요.

사랑은 절절한 아픔이지만

내가 아는 사랑 소리는
언제나 사랑을 위해 우는
절절한 가슴앓이 뼈를 깎는 아픔
그립고 그리워
견디기 힘들어하는 백치의 사랑

한 사람을 사랑한다는 것이
이리도 가슴 저미는 고통일 줄
밤하늘에 숱한 사연 던져놓고
달빛 드리워진 창가에 눈물 쏟으며
검붉은 한을 토해내는 사랑가

당신과 나는
전생의 어떤 끈이었기에
사랑에 울어 울어
먹구름 관통을 찔려
한스러운 눈물비를 뿌리게 하는가

억만년 세월 굽이굽이 흘러도
시들지도 변하지도 않는 별꽃 피워 놓고
이룰 수 없는 사랑
이룰 수 있도록 사랑의 신께
내 영혼 다 바쳐 기도하렵니다.

삶의 이정표

가슴으로 우는 새가 있습니다
그 새가 어디로 날지 몰라서
늘 지켜보며 가슴 조이는 당신

행여
모난 돌에 이끼라도 끼면 어쩌나
노심초사 애지중지
걱정해주시는 당신은
내 삶의 이정표입니다.

당신 사랑을 느끼고 싶습니다

청명한 호수 위에 동동 떠 있는
파란 나뭇잎처럼
사랑 한 잎 되어
당신 마음으로 흐르고 싶습니다

어둑한 길섶에 쏟아지는
은하수 별 가루 마시고
상큼한 산소 뿜어내는
이름 모를 들풀이라도 좋습니다

밤새 내리는 이슬처럼
당신이 잠시 꿈으로 젖었다가 가셔도
향기에 취해
당신 사랑 느낄 수 있으면 좋겠습니다

이젠 되돌릴 수 없나 보다

하루하루 쇠약해지는 육신은
말라비틀어진 나목과도 같고
우윳빛 얼굴엔 움푹 파인 주름살
검디검은 머리카락은 점점 백발로 번져가는데

나는
무엇을 얻고자 숨 가쁘게 달려왔던가
무엇을 얻고자 서러움을 참았던가
되돌릴 수 없는 지난 세월 되돌릴 수 있다면
가슴 꽃이 서럽게 울지 않을 텐데

창가에 내려앉은 오후 햇살은
굳어버린 마음을 녹일 만큼 따스한데
온통 둘러싸인 어두운 그림자는
욕심 그리고 성냄과 증오심의 흔적들

하나를 얻으면
또 하나를 내려놓아야 하는 것이 삶의 진리인데
늘어나는 나이만큼 베풀지 못함에
움푹 파인 주름살 위에 쪼그리고 앉은
시들은 웃음꽃이 안타까워 눈물짓네.

봉숭아

너를 보면
왜
아련한 추억 속에 머무는
소박한 시골 촌가
어느 화단이 그리워지는 것일까

너를 보면
왜
꽃잎 속에서
그리운 사람들 얼굴이 떠오르는 것일까

넌 그리움의 꽃이여
넌 보고픔의 꽃이여
어릴 적 고향 집 마당에서 본
그 꽃이여

그리고
내 손톱 끝에 붉게 앉아 있던 추억의 꽃이
바로
너
봉숭아.

밀어

가로등 불빛이 없어도
환한 봄밤

연분홍 꽃등 아래 앉아
꽃과 나비인 양
은밀한 밀어를 나누고 싶다

당신하고.

단풍

비단 꽃만 꽃이 아니듯
사람도 꽃이요
가을 산자락을 붉게 태우는
단풍들도 꽃 중의 꽃이로다

어느 계절에 피는 꽃이
저토록 붉을 수가 있을까
저토록 황홀할 수가 있단 말인가

아
삼천리 방방곡곡 홍조로 물들이는
단풍 꽃이여
너를 보기 위해
뭇사람들은 가을 산을 찾으니
정녕 너는 꽃이 아닐 수 없도다.

숨겨둔 그리움 하나

깊이 숨겨둔 그리움 하나
봄바람 스치는 소리에 동그랗게 눈을 뜨고
사랑합니다
보고 싶습니다
고개 들고 바라보는 하늘엔
흥건한 사랑 빛만 흐릅니다

아지랑이처럼 피어오르는 짙은 그리움에
봄조차 서러운 것인지
아직도 사랑의 굴레에서 벗어나지 못한 채
눈물비를 뿌립니다

아픔도 행복이라는 사랑의 의미를 부여한
야속한 보고픔은
너울너울 춤추는 봄바람 속에 고인 사랑 하나
당신은 봄의 화신이 되어
숨겨둔 연둣빛 그리움을
봄 하늘에 수놓고 있습니다.

씨 고구마

딸부잣집 아비는
해마다 간식거리 준비하시느라
분주하기만 했습니다

골방 아랫목에 묻어둔 고구마가
어쩌다 썩어버리면
아비의 안색은 어두웠고

몇 알 남은 씨 고구마
거름 밭에 심어 재를 뿌리고
비닐을 씌워 둔 후
새순이 자라면
꺾은 새순 밭이랑에 토닥토닥
자식 등 두드리듯 정성껏 심었고

딸부잣집 딸들처럼
땅속에서 올망졸망 알토랑 같은
고구마 뿌리가 굵어지면
먹지 않아도 배가 부르듯
환하게 웃으시던 아비

지금은 구름 위에 계시지만
아비 덕분에 배고픔도 모르고 자란 어린 시절
씨 고구마 한 알에 울고 웃으시던 아비의 모습은
자식에 대한 무한한 사랑이었습니다.

행복은 늘 우리 옆에 있다

마음이 우울하고
삶이 힘에 겨워 투정 부리다가
문득 마당에 나무 한 그루 심어 보았다
그 나무에게 아침마다 햇살이 영양분을 공급하고
나는 나무에게 물을 주었다

어느 날 아침에 일어나니
나뭇가지마다 행복이 주렁주렁 달려 있었다
꽃도 피우기 전에 행복이 달려 있었다

나는 나무를 통해 깨달음을 얻었다
나무가 땅속 깊이 뿌리를 내리듯
내가 살아 있음이 곧 행복인 것을
그동안 깨닫지 못하고 투정만 부린 것이다

나무는 나에게 말한다
아침에 눈을 뜨고 맑은 공기를 마실 수 있는 것은
행복 중에 큰 행복이라고.

나를 찾고 싶습니다

삶의 테두리에 갇혀 허우적거리는 동안
나란 존재가 누구인지
잊고 지낼 때가 잦습니다

꿈많은 소녀처럼
말간 하늘을 안고 콧노래 부르던
청순한 마음은 어디로 가버렸는지
삶의 거울 속에는 야윈 모습만 보이기에

지난날 푸른 빛 감성을 품은
마음의 텃밭에 소박한 꿈을 가꾸던
나 자신을 찾으려고
빛바래진 영혼의 동굴 안에
한 자루 촛불을 조심스레 켜봅니다.

마지막 잎새의 눈물. 1

바삭 타버린 붉은 입술에
하얀 서리꽃이 피었습니다

지독한 사슬에 묶인 영혼
끝끝내 내장 속까지 삽질하더니
을씨년스러운 바람에
마지막 남은 한 장의 진실마저
똑 떼어버리는 잔인함

침묵보다 힘든 허탈감은
깊은 수렁에 빠져
목울대를 짓누르고
누렇게 색바랜 보기 싫은 추한 모습
쓰레기 더미에 뒹굴어도

네 마지막 가는 길에
아쉬운 작별 대신 눈물 한 방울로 안녕.

마지막 잎새의 눈물. 2

발이 시리도록 차가운 밤
고요한 적막을 뚫고
문풍지 틈 사이로
누군가가 울부짖는 소리가 들린다

돌변하는 돌풍으로
깡말라 버린 나목 끝에 매달린
초록 물기 빠진 비틀어지고
볼품없는 잎새의 울음소리다

봄, 여름, 푸른 유년시절
버팀목인 님과 헤어져
홀로 낙엽 되어 길바닥에 뒹굴기 싫다며
자지러지는 잎새의 비명은
기세등등한 바람을 잠재운다.

마지막 잎새의 눈물. 3

님과 맺은 인연
천 년은 함께 못할지언정
백 년은 함께 하고 싶었는데
백 년은 고사하고 한 해도 꽉 채우지 못한 채
누렇게 색바래진 모습으로
헐벗은 가지 끝에
대롱대롱 매달린 신세가 될 줄이야
내 어찌 알았겠소

어차피 님과 함께할 수 없는 운명이라면
너덜너덜해진 낙엽 쪼가리가 되어
혹독한 바람에 이리저리 뒹구느니
차라리 님의 곁에 조용히 내려앉아
야위어진 님을 위해 자양분이 되겠소.

마지막 잎새의 눈물. 4

툭 치지 말라 바람아
지독하게 떼 버리지 않아도
때가 되면 떠날 텐데
어찌하여 그리도 매정한가

세월의 순리 따라
떠날 때는 떠나야 한다는 것을
내 어찌 모르겠느냐
혈기 왕성할 때는
네가 내 육신을 흔들어도
마냥 좋았지만
이젠 네가 나를 스쳐만 지나가도
어질어질 멀미가 나는구나

두 번 다시 사랑하는 이에게
시원한 그늘이 되어 주지 못하고
영영 이별해야 하는데
오그라진 육신이지만
사랑하는 이 곁에 하루라도
더 머물고 싶은 간절한 마음이니
나를 툭 치지 말라 바람아.

마지막 잎새의 눈물. 5

님이시여
님이시여
나를 꼭 붙들어 주세요

나마저 떨어지면
뼛속까지 파고드는 외로움
어찌 견디시려고

님이시여
님이시여
나를 꼭 붙들어 주세요

힘없는 가랑잎이지만
이듬해 새잎이 돋아나면
홀연히 떠날 테니.

마지막 잎새의 눈물. 6

나목이 되신 님을 홀로 두고
낙엽이 되고
흙이 되어야 하는 숙명이기에
굽이굽이 많은 사연
빈 가지에 걸어 놓고 떠날게요

바람에 휘감기는 그리움이
삐걱대는 아픔으로 찾아오면
빈 가지에 걸어 놓은
초록빛 추억을 회상하며
시리디시린 인고의 시간을
모성애의 강인함으로 견디세요

나목이 되신 님을 홀로 두고 떠나는
이별의 길목에서 흘린
연민의 눈물이 하얀 눈이 되어
마지막 잎이 떨어진
상처 난 자리에 소복소복 쌓이네요.

마지막 잎새의 눈물. 7

책갈피 속에서 잠자던 낙엽 한 장
해묵은 먼지를 털며 깨어나
지난날 거친 삶을 조용히 쓰다듬고 있네

그 어느 따스한 봄날
햇살 머문 가지 끝에 여린 새싹으로 돋아나
폭우가 쏟아지는 긴 장마 속에서도
온 힘을 다해 목숨을 지탱해 왔지만

주름져 가는 세월을 거스르지 못한 채
푸른 몸뚱어리에 붉은 반점이 퍼지더니
늙은 자작나무의 헛기침 소리에 혼절하여
으깨진 낙엽이 되었지만

젊은 날 푸른 기억을 더듬거리며
겨울 한복판에 흩어진 그리움을
주섬주섬 주워 모으면서
작은 시집 한 권을 흥건히 적시고 있네.

제목 : 마지막 잎새의 눈물. 7
시낭송 : 박영애

스마트폰으로 QR 코드를 스캔하면
시낭송을 감상할 수 있습니다.

마지막 잎새의 눈물. 8

배배 꼬인 가시나무 등줄기에
손톱만큼 작은 빨간 잎새 하나가
가을이 머물다 간 허허벌판에
쓸쓸한 잔영으로 남아 훌쩍거린다

계절이 한 번 바뀌면
또 찔레꽃 피는 따스한 봄이 올 텐데
그러면
배배 꼬인 천륜의 가시나무 등줄기도 튼실하고
자손 잎도 더 파릇파릇 돋아날 텐데

무슨 미련이 있어
저리도 바삭 탄 입술로 울부짖는 것일까
하나를 버리면
또 하나를 얻을 텐데
욕심을 놓지 못한 채
칼바람 부는 허허벌판을 보듬고 서러워하는가

그냥 자연의 순리대로 흙으로 돌아가면 될 것을.

사랑 노래

영롱한 이슬 속에
파란 하늘이 보이듯
해맑은 마음으로
행복한 사랑 주고받는 우리는 하나

어둠이 찾아오면
고요한 적막을 깨우는
별들의 왈츠에 맞추어
밤하늘에 환상적인 오선지 그려놓고

밝게 웃는 달 속에서
예쁜 노랫말 꺼내고
영혼의 꽃물에서
심금을 울리는 음표 한 줌 꺼내
무지갯빛 오선지에 올망졸망 매달아
사랑 노래 작사 작곡해서

나의 사랑
나의 님
당신에게 섬섬옥수 손풍금 치며
이 노래를 바치고 싶다.

지독한 사랑. 2

온종일 숯덩이가 된 마음
부둥켜안고
뜨거운 애정의 비
소리 없이 뿌리며
가슴 파헤치는 쓰라림
목울대에 걸려
바싹 타버린 입술 들썩이며
아파도 사랑해
그래도 사랑해
죽도록 사랑해
당신은 나의 영원한 태양
난 당신의 영원한 해바라기.

세월아

한 달을 풀어놓으니
눈 깜박할 사이에 시간이 먹어 치운다

내 나이 청춘일 때는
시간은 기어가고
세월도 걸어가는 듯하더니
내 나이 중년이 되고 보니
시간은 달려가고
세월은 발뒤꿈치를 들고 날아간다

그 참
시간이 저리도 빨리 가는 것을 보니
내 인생의 중년도
얼마 남지 않았나 보다
한 달을 풀어놓지 말고
꽁꽁 싸매두면 시간이 묶여 있을까

아직 해야 할 일은 많고
가고 싶은 곳도 많은데
화살촉에 매달려 아양 떨며 날아가는 세월도
부메랑처럼 다시 돌아오면 좋으련만
그 또한 욕심이니

내 청춘
내 인생 어찌하라고
그리도 빨리 데리고 가느냐
인생의 참맛이 무엇인지
인생의 쓴맛이 무엇인지
조금 알아가는 찰나인데
무형무색처럼 보이지 않고
붙잡고 싶어도 잡히지 않는 세월아
너는 무엇에 그리 쫓겨 내달린단 말이더냐.

당신을 사랑하는 마음

사랑의 진수는 가슴에 있고
사랑의 가치는 세월이 흘러서나
나이가 들어서도
떨어지는 것이 아니기에
당신은 영원한 내 사랑입니다

진실한 사랑은
눈물로 배부르며
그리움을 먹고 자라기에
보고픔 속에 세월이 흐르면
아리고 시린 가슴은 보석이 될 것입니다

하늘의 별이 떨어지고
세상이 어둠 속에 묻힌다 해도
지금 내 가슴속에 있는 단 한 사람
당신과 함께라면
고통 속에서도 즐거운 삶을 노래할 것입니다

만약
이대로 삶이 다하고
다음 생이 찾아온다면
내 발이 다 닳도록 찾아야 할
반쪽이라 부를 사랑은 바로 당신입니다.

그대는 꿈처럼 머무는 사랑 빛

그대
추억들이 잠겨 있는 사랑의 길목에도
이제 짙은 여름의 향기로 물들고 있습니다
퇴색되지도 흐려지지도 않는 사랑 빛

멀리 두고 바라만 봐야 하는 멍에의 끝자락에
모닥불 같은 포근함을 느끼지만
가슴엔 언제나 추억들이 사랑으로 살아 숨 쉬고
그리움의 나무는
쉼 없이 흔들리며 눈물 빛 여운을 자아냅니다

거친 강물처럼 소용돌이치던 추억들을 찻잔에 담아
매일같이 비워낸 숙명은
자고 나면 쓸쓸함으로 다시 채워지는 그리움

기다림을 운명처럼
그리움을 숙명처럼
추억들을 안식처로 삼아
매일 꿈 꾸듯 걸어가는 사랑과 삶의 굴레
알알이 사랑의 흔적이 배여 있는 길목에
그대 마음 빛 초록 향기로 물들어 가고 있습니다.

찔레꽃

불어오는 향기 쫓아
나선 길
산사의 질박한 풍경 소리
마음을 울리고

시원한 열무 국수 한 그릇
어머니 손맛 따라
세상이 내 것 인양 배가 부르다

고즈넉한 오솔길
단아한 자태로
하얀 입술 오물거릴 때

달빛 아래 스멀거리는
그리움은
정겨운 내 어머니 사랑.

꿈일지라도

섬섬옥수 가야금 울리며
구름 위를 걷는 듯
꿈속을 유영하는 사랑 앞에
풀잎에 또르르 맺힌 이슬처럼
내 모습
작아지고 작아지는 것은
청아한 당신 영혼을
몰래 훔친 도독이기 때문입니다

설령 꿈일지라도
아침마다 화장기 없는 얼굴로
당신 위해 앞치마를 두르고
사랑과 정성이 가득 담긴
밥상을 차릴 수 있다면
하늘이 주신 최상의 축복으로 여기며
평생 벙어리 꽃이 되어 살아도
후회하지 않을 텐데.

늘 처음처럼 사랑할 수 있습니다

새털처럼 많은 나날 속에서
내가 가장 행복한 순간은
좋은 옷을 입을 때도
좋은 음식을 먹을 때도 아닙니다
바로 당신과 함께하는 시간입니다

만약 운명의 여신이 질투하여
평생 만날 수 없는 꽃과 잎으로
서로 그리워 그리워하다
붉은 가슴 꽃 피우는
선운사 뜰에 핀 꽃무릇처럼
애절한 전설을 남긴다 하여도
사랑의 뿌리는
언제나 둘을 합쳐놓은 하나이기에
늘 처음처럼 당신을 사랑할 수 있습니다.

밸런타인데이

풀잎에 맺힌 새벽이슬 받아
사랑 물 만들고
햇살 빛 품고 있는
들꽃 웃음 빌려 와서
사랑 향 뿌려 넣고
당신을 사모하는 마음
한 움큼 꺼내어
예쁜 그릇에 담아
골고루 버무린 사랑 반죽

요리조리 고운 손길 따라
별 모양 달 모양 하트모양 빚어
뜨거운 심장으로 가열된
오븐에 구워진 초콜릿

은박지 금박지에 곱게 포장해서
행복 바구니에 소복 담아
알록달록 내 사랑
당신을 향해 고백하고 싶다
사랑해 요렇게.

옛 추억의 향수

서리 꽃 수정처럼
맑게 핀 새벽

물안개 피어오르는
호숫가 작은 찻집에서

질박한 찻잔에
옛 추억을 따뜻하게 담아
그리움 한 잔을 마신다.

그대 봄처럼 오세요

여린 새싹 꼬리 물고
살랑살랑 처녀 마음 유혹하는
낯설지 않은 봄바람처럼
그대 내게로 오세요

윤기 자르르 흐르는
아침 햇살 따먹고 언덕배기에 앉자
꼬물꼬물 꽃망울 터트리는 봄꽃처럼
그대 내게로 오세요

파란 하늘 호수에 머무는 봄 향수
먹구름 꼬리에 찍어
메마른 가슴 촉촉이 적시는 봄비처럼
그대 내게로 오세요

봄처럼 콩닥콩닥
설렘으로 오시는 그대라면
사랑의 증표로 풀잎 하나 입에 물고
두 팔 벌려 웃음으로 마중하고 싶어요.

당신을 위한 꽃

벌 나비 찾아와
사랑 물 나누어주니
황진이가 된 기분인가

정녕
넌 꽃이란 말인가
겉 모습만 화려하다고
다 꽃이 아니란다

볼 수는 없지만
은은한 향기만큼
마음도 아름다운 사람을
꽃이라고 할 수 있겠지

난 화려한 꽃
황진이도 싫어라
다른 사람 눈에 보이지 않아도
당신 사랑으로 핀
당신의 꽃
가냘픈 들꽃이고 싶어라.

독백

커피 한잔을 놓고 쓸쓸한
겨울바람 소리에 귀 기울이면
어디선가 들려올 것 같은
님의 목소리

깊은 밤을 깨우는 상념
서럽도록 그리운 님의 향기 취해
밤새워 울다 새벽을 맞이하니
창 너머 겨울나무 가지 위에
서리서리 멍 울진 애련함이
찬서리 되어 내리네

감당할 수 없는 고독함은
홀로 사무치는 독백이어라.

물 같은 사랑

바늘로 콕콕 찌르는 아픔도 참으면서
힘들게 엮어 온 사랑만큼
내 살점보다 더 귀한 당신
서로 보듬고 울기도 많이 했지만
가끔 티격태격 사랑싸움도 하면서
인연의 홀씨는 당신 땅에 깊이 뿌리를 내리고
사랑의 줄기는 둘의 마음을
하나로 동여매고 있기에
떼려고 해도 뗄 수 없는 실과 바늘 같은 존재

온화한 당신 가슴 반을 쪼개어
뻥 뚫린 마음을 사랑으로 꿰매주셨기에
내 전부를 당신에게 맡겨도 후회하지 않고
세월의 두레박으로
참사랑을 퍼주고 또 퍼주면서
사랑은 둘이 아닌 하나라고 각인시켜주신
당신 허리춤을 잡고
달콤한 사랑의 늪에 빠진 채
당신을 위해 물 같은 존재가 되고 싶습니다.

늦가을 그 쓸쓸함 속에서

참 빠르다
세월이

가을을 머금고 있던 홍엽
어느새 낙엽이 되어
황량한 바람을 쫓아서 달그락거리며
이리저리 뒹굴고 있구나

붉은 너의 모습
곱던 나의 모습도
세월 따라 남루해진 초라함은
자연의 순리이자 인생의 순리인 것을

하여
인생이 소풍이라면
그 종착역은 자연일 것이다

너의 운명
나의 운명
흙으로 돌아갈 숙명인 것은 당연한 사실

늦가을 그 쓸쓸함 속에서
늙은 여류 시인의 마음에도 삭풍이 불고
외로움이 찾아드는 까닭은 무슨 이유일까
아마도 인생무상함을 알아가는 중일 거야.

다시

톡 톡 톡
오염된 허물을 벗겨 내는 나무들처럼

오장육부에 쌓인
낡고 부패한 찌꺼기 말끔히 씻어내고
깨끗하고 정갈하게 다시 태어나고 싶다

파룻파룻 돋아나는 새싹처럼.
·

모기

어젯밤 무슨 일이 있었나
왜
멀쩡했던 내 손등에
지역 표시가 되어 있나
누가 남의 살을 가지고
밤새 사투를 벌였는지
손등 다섯 군데에
붉은 깃발을 꽂아놓았다
서울 대전 대구 부산 찍고
제주까지 점령했나 보다
낮에는 쾌쾌한 하수구에
코 박고 있다가
컴컴한 밤이면
좁은 틈새로 몰래 들어와
남에 피를 탐하는 불청객아
난
너한테 수혈할 생각이 전혀 없으니
두 번 다시
내 육신에 붉은 깃발을 꽂지 마라.

꽃잎

옅은 바람이 꽃잎을
살랑살랑 만지며 지나갈 때마다
그윽한 향기 날리며
한 잎 두 잎
사뿐사뿐 떨어지는 너는
봄의 여신처럼 눈부시지만

한번 웃기 위해
삼백육십오일 기다리다 핀 꽃
십 일이란 짧은 생이 아쉬운 꽃
미인박명이라 했던가
길바닥에 흩어진 너의 살점
난 차마 밟고 지나갈 수 없구나.

끝없는 그리움

산모퉁이 돌고
햇살 좋은 바위틈 지나
진달래꽃 꺾어 안고
님인 양 보듬어도
지워지지 않는 외로움
아린 가슴 옭아맵니다

보고파 하는 마음은
시린 겨울 눈밭로 헤매고
기다리는 마음은
봄볕 속에서도 그늘지는
그리움의 여정

흐르다 흐르다가
눈물 꽃처럼
그리움의 꽃으로 피어
애틋한 목소리로
사랑을 전하며 흐느낍니다.

지금은 꺾지 마세요

진정 사랑한다면
지금은 꺾지 마세요
아직은 꺾을 때가 아니기에
꺾으면 아파할 거예요

길가에 핀 하찮은 작은 꽃일지언정
그 꽃을 피우기까지
나름대로 인고의 고통이 있었기에
세상 풍파 다 받아들이며 웃고 있는
그 깊은 속내를 그대는 아시나요

웃음 뒤에 숨겨진 아픔도
자신의 운명인 줄 알고
그대를 향해 작은 미소 띠는
가냘픈 순정을 그대가 아신다면
지금은 꺾을 수가 없을 거예요.

보고 싶단 말이다

며칠째
잔뜩 먹구름을 물고 있던 하늘이
천둥 번개 동반하여
낭떠러지로 곤두박질칠 때

작은 들꽃이
가냘픈 꽃술에 물고 있던 진실은
산산조각 부서지고

안개 속에 갇힌 믿음은
굽어진 산허리를 붙잡고
꺽꺽 허탈함에 비틀거리는데

진실함이
보고 싶단 말이다
믿음이
보고 싶단 말이다
회초리 들고 고함치는 이는 누구입니까

사랑입니까.

내 곁에 너

하얀 꽃 너는 누구니
한밤중에 달빛 마중하며
내 곁에 머무는 너
너의 고운 향기에 취해
이슬 신발 신고 달려간다

양파껍질처럼 벗기면 벗길수록
하얀 속살로 달콤한 사랑이
가득 차 있는 고운 너

냉정한 꽃인 줄만 알았는데
달빛 아래 하얀 미소 짓는
순수한 박꽃처럼 아름다워
가까이 가면 갈수록 매혹적인 느낌

내 곁에 있는 너를 사랑해
진실이란 꽃을 피워
사랑이란 열매 맺자.

풀꽃 반지

유년시절
해맑은 소녀의 풋풋한 추억들이
나란히 풀밭에 눕는다

동심으로 돌아가고파
슬그머니 풀밭 한 모퉁이에
옹기종기 앉아 있는
풀꽃 몇 가닥 따서
꽃반지를 만들어 끼워본다

상큼한 풀꽃 향기는
유년시절
청순한 소녀의 풋풋함으로
내 손가락 위에
예쁜 추억으로 앉는다.

당신은 울지 마세요

당신은 울지 마세요
당신은 울면 안 됩니다
당신이 햇살 꽃처럼 웃어야
우리 삶도 행복해집니다

늘 분홍 꽃 마음으로
살아갈 수 있도록 아껴주며
사랑해주시던 당신이
참 많이 고마운 밤입니다

눈을 감아도 나를 깨우는
당신의 환영은
가슴 깊숙이 파편처럼 박혀
그리움의 풍금을 칩니다

뜨거운 여름날
초록빛 사랑으로 찾아와
가을빛 추억을 남기고
하얀 그리움으로 소복이 쌓여 있지만
당신이 오실 때까지

그동안 흘린 눈물 햇살로 말리며
고요한 마음에
행복한 촛불 하나 밝혀놓고
다소곳이 당신을 기다리겠습니다.

꽃잎은 바람에 흔들린다

흔들지 마세요
여린 마음 어찌하라고
그렇게 세차게 다가와 부딪치세요

바람으로 오시려면
먼 산에 서 있는
나뭇가지에 앉아
지나가는
나그네의 친구가 되어 주세요

향기로운 요람소리로
달콤한 바람으로 와서 간지럽게 해도
흔들리지 않는 고목의 꽃이지만

유혹의 바람에는
시들은 꽃잎도 흔들릴 수 있기에
제발 순한 바람으로 살며시 돌아가세요.

눈물꽃이
바람에 날릴 때

유필이 제 2시집

초판 1쇄 : 2018년 3월 2일

지 은 이 : 유필이

펴 낸 이 : 김락호

디자인 편집 : 이은희

기 획 : 시사랑음악사랑

인 쇄 : 청룡

연 락 처 : 1899-1341

홈페이지 주소 : www.poemmusic.net

E-Mail : poemarts@hanmail.net

정가 : 10,000원

ISBN : 979-11-6284-003-0